ROGÉRIO ANDRADE BARBOSA

Ilustrações

ROGÉRIO BORGES

Um sopro de ESPERANÇA

Coleção Jabuti Vida

4ª edição

Conforme a nova ortografia

Editora Saraiva

Editor: ROGÉRIO GASTALDO
Assistentes editoriais: ELAINE CRISTINA DEL NERO
ELOÍSA DA SILVA ARAGÃO
NAIR HITOMI KAYO
Secretária editorial: ROSILAINE REIS DA SILVA
Suplemento de leitura: ALEXANDRA CARDOSO
DE ALMEIDA
Coordenação de revisão: LIVIA MARIA GIORGIO
Gerência de arte: NAIR DE MEDEIROS BARBOSA
Supervisão de arte: VAGNER CASTRO DOS SANTOS
Produtora gráfica: LILIANE CRISTINA GOMES
Diagramação: ALEXANDRE SILVA
Impressão e acabamento: Brasilform Editora e Ind. Gráfica

Dados Internacionais de Catalogação na Publicação (CIP)
(Câmara Brasileira do Livro, SP, Brasil)

Barbosa, Rogério Andrade, 1947–
Um sopro de esperança / Rogério Andrade Barbosa ; ilustrações Rogério Borges — 4ª ed. São Paulo : Saraiva, 2005. — (Jabuti)

ISBN 978-85-02-03035-0

1. Literatura infantojuvenil I. Borges, Rogério, 1951 – II. Título. III. Série.

99-3973 CDD-028.5

Índices para catálogo sistemático:

1. Literatura infantojuvenil 028.5
2. Literatura juvenil 028.5

9ª tiragem, 2016

Saraiva Educação Ltda.

Rua Henrique Schaumann, 270
CEP 05413-909 – Pinheiros – São Paulo-SP

SAC | 0800-0117875
De 2ª a 6ª, das 8h30 às 19h30
www.editorasaraiva.com.br/contato

201842.004.009

Coleção Jabuti Vida

Editora Saraiva

Um sopro de ESPERANÇA

ROGÉRIO ANDRADE BARBOSA

Apreciando a Leitura

Bate-papo inicial

Um sopro de esperança é um retrato em preto e branco, sem retoques, de um crime contra a primeira dignidade humana: a infância. Isso significa que o autor escolheu contar a realidade sem máscaras e sem ilusões. Assim, seguindo o destino das personagens envolvidas, encontramos um mapa em que é possível localizar passo a passo a trajetória da máfia da corrupção infantil. *Um sopro de esperança* é um espelho refletindo uma face triste. Essa é uma das faces do Brasil de hoje.

■ Analisando o texto

1. Escreva um pequeno texto contando a história de *Um sopro de esperança*.

R.: ______________________________

2. Quando Adriana conta sua vida ao irmão, ela detalha aspectos chocantes do que acontece com as meninas que são forçadas à prostituição. Que aspectos são esses?

R.: ______________________________

3. Adriana foi, ou não, vendida pelos pais para a máfia da prostituição? Justifique sua resposta.

R.: ______________________________

Avaliação Pessoal

10. O presente de um país reflete sempre seu passado. De acordo com a História, sabemos que o Brasil foi construído a partir da exploração impiedosa do trabalho escravo de indígenas e africanos.

a) Tomando como base o livro que você acaba de ler, é possível dizer que o Brasil já se desvinculou de seu passado, ou que apenas mudou suas formas de exploração e escravidão?

b) Considerando a sua resposta para o item *a*, como você classifica, de maneira geral, a exploração da mão de obra infantil, cuja utilização em lavouras vem sendo denunciada mesmo por organismos internacionais de defesa da criança?

Redigindo

11. Campanhas pela televisão, por rádio, pela interrnet e por meio de panfletos que alertem a população são suficientes para fazer desaparecer a exploração de crianças no Brasil? Redija um texto de opinião a respeito do assunto, procurando também apresentar sugestões para evitar esse tipo de crime.

12. De acordo com o observado em *Um sopro de esperança*, a prostituição infantil é palco para a representação de diferentes violações da dignidade humana que ocorrem em nosso país. Vimos ainda que outros países da América Latina participam disso. O personagem Rafael recorda também atrocidades que ocorrem em países da África, onde esteve como militar. A característica comum a todos está em sua condição de país pobre e explorado economicamente e em terem sido, em algum momento da História, colônias de países desenvolvidos. Discuta com seu grupo de colegas essas questões e depois escrevam, em conjunto, um artigo de opinião.

Linguagem

7. Você deve ter observado que o autor usou a palavra *decurião* para se referir ao líder dos "Borboletas Azuis". Pesquisando no dicionário e pensando no personagem religioso, que significado você atribui a essa palavra?

R.: ____

____

____

____

____

____

____

____

8. Observando, no capítulo 22, a fala de um dos romeiros "Quem não estiver preparado, tá pebado", explique (se necessário com a ajuda de um dicionário) o que ele quis dizer com isso. Considere, na sua explicação, o fato de serem religiosos.

R.: ____

____

____

____

____

Pesquisa

9. De acordo com o livro, a referência aos "Borboletas Azuis" (grupo de romeiros), no Nordeste brasileiro, foi associada, pelo personagem Rafael, a Antônio Conselheiro. Em 1997, o episódio de Canudos, envolvendo esse beato, completou 100 anos. Procure estabelecer relações, pesquisando o que foi a Guerra de Canudos, o papel representado por Antônio Conselheiro e as condições socioeconômicas que determinam tais movimentos populares.

4. Se Adriana não conhecia seus sequestradores, que recurso eles usaram para convencê-la a acompanhá-los? Cite o trecho que esclarece a respeito.

R.: ____

____

____

____

____

____

____

5. Quando o personagem Rafael conversa pela primeira vez com sua irmã, ele observa um sotaque diferente na fala da menina. Seguindo o desenrolar da história, acabamos descobrindo como ela adquiriu o sotaque. Justifique.

R.: ____

____

____

____

____

____

____

6. À medida que avançamos na leitura, diferentes crimes praticados por Toinho, ou por outras pessoas, vão se somando ao tema central de *Um sopro de esperança*. É possível citar, no mínimo, cinco delitos presentes no enredo. Quais são eles?

R.: ____

____

____

____

____

Para qualquer comunicação sobre a obra, entre em contato:

SAC | 0800-0117875
De 2ª a 6ª, das 8h30 às 19h30
www.editorasaraiva.com.br/contato

Escola: ____________________

Nome: ____________________

____

Ano: ____________ Número: ____________

1

O rapaz, alto e de porte atlético, desceu do táxi em pleno centro de Manaus, num local conhecido como Disneylândia do sexo, paraíso da prostituição infantil na capital amazonense.

O enigmático bilhete que ele recebera na portaria do hotel, ao regressar naquela tarde do torneio de artes marciais, não dava margens para nenhuma dúvida. O local era ali mesmo, numa rua povoada de boates-cassinos e motéis. O nome da espelunca, Rouxinol, brilhava no alto da porta de entrada, vigiada por um caboclo com ar enfezado.

Desconfiado, entrou no ambiente impregnado pela fumaça de cigarros, atraindo a atenção de um grupo de garotas entre doze e quinze anos, vestidas com shortinhos curtos, equilibrando-se em sapatos de salto alto. As pás dos ventiladores espalhados pelo teto zumbiam inutilmente contra o calor infernal. Escolheu uma das mesas dispostas em torno da apertada pista onde rodopiava meia dúzia de casais. Sentou-se e, de acordo com as instruções, ficou aguardando o que iria acontecer.

Nervoso, enxugou o suor que lhe escorria pela face queimada de sol. Retirou o bilhete amassado do bolso e o releu com mãos trêmulas, não conseguindo disfarçar a ansiedade de que fora tomado nas últimas horas:

Gato,

Por favor, não deixe de ir à boate Rouxinol, hoje à noite. Esteja lá às nove horas em ponto. Sente-se e aguarde a surpresa.

Não era chamado assim há vários anos. Só um círculo restrito de pessoas de sua família conhecia o apelido que carregou até a adolescência. Não podia ser uma brincadeira de alguns dos colegas da delegação carioca, como supusera a princípio. Nenhum deles sabia nada de sua vida particular, e muito menos do drama que o atormentava há vários anos.

Arriscara-se a entrar naquele antro, confiando em seu sexto sentido. Sua intuição lhe dizia que uma ponta do mistério que envolvia seu passado estava para ser desvendada.

— Vamos dançar? — perguntou uma voz com sotaque levemente estrangeiro.

Antes que tivesse tempo de responder, viu-se praticamente arrastado para o meio do salão por mãos frágeis e pequeninas.

A dançarina, uma moreninha com aparência infantil e gestos de mulher experiente, enlaçou-o pela cintura e, apertando o corpo miúdo de encontro ao dele, sussurrou, entreabrindo os lábios borrados de batom vermelho:

— Não está me reconhecendo, Gato?

— Não — surpreendeu-se, encarando o rosto magro e sofrido. — Como é que você sabe o meu apelido? — interrogou, enquanto deslizavam lentamente ao ritmo da música.

— Olhe bem pra mim — pediu a garota, ajeitando a cabeleira desgrenhada, pintada grotescamente de louro.

A fisionomia da prostituta mirim, sob o jogo de luzes cintilantes, não lhe era estranha. Desde o momento em que fora tirado para dançar, sentira-se hipnotizado pela cor dos olhos dela, tão verdes quanto os dele.

— Não, não me lembro. Você deve estar me confundindo com alguém — respondeu, constrangido com a situação. Um tremendo marmanjo agarrado com uma menina parecendo ter no máximo catorze anos, num inferninho de terceira categoria frequentado praticamente por homens de meia-idade.

— Sou sua irmã — revelou a garota, abruptamente, apertando-o com força. — Não me solte! — implorou, fincando as unhas nas costas do parceiro.

— Tá maluca! — retrucou o rapaz, elevando a voz, em meio ao som de um bolero tocado num volume altíssimo por um tecladista com cara de sono.

— Fale baixo! A barra aqui é pesada — avisou ela, alertando sobre a presença de dois brutamontes encostados no balcão do bar.

Em seguida, pegou-o pela mão e levou-o de volta à mesa, conduzindo-o como um zumbi. A garota sentou-se, cruzou as pernas de forma provocante e pediu uma cerveja ao garçom.

Ficaram em silêncio, olhando um para o outro, estudando-se até o homem voltar com a garrafa. A menina encheu os copos e disse:

— A gente ganha dez por cento por cada bebida consumida pelo freguês. Assim que você acabar, vamos lá pra dentro.

— Aonde? — perguntou o rapaz, ainda meio perplexo, virando o copo num trago só.

— Nos fundos do salão de dança. O meu preço a gente combina depois, fora a taxa que tem que ser paga pelo uso do quarto.

— Você é louca mesmo! — disse ele, fazendo menção de se levantar.

— Calma, Rafael. Juro que sou a Adriana — respondeu ela. — Venha, só assim poderemos conversar em paz.

O rapaz, ao escutar seu nome e o da irmã desaparecida, pronunciados de forma tão clara, sentiu como se o mundo estivesse desabando. Não podia acreditar no que estava acontecendo. Seria possível que o pesadelo que o atormentava há tanto tempo estivesse chegando ao fim?...

2

O quarto ficava no final de um corredor escuro, ao lado de um banheiro fedorento. Um cubículo com paredes de madeira, onde mal cabia uma cama coberta por um lençol rasgado e encardido. Numa cadeira havia uma bacia com água e toalhas de papel. Um cabide completava o sórdido mobiliário.

— Sente-se — disse a garota, após fechar a porta.

O colchão gemeu ao peso dos dois, rangendo as enferrujadas molas num ritmo descompassado.

A menina segurou nas mãos do irmão que não via há anos, tentando acalmá-lo. Depois, abaixou a cabeça e, abraçando-se a Rafael, desabou em lágrimas, num choro contido, soluçando baixinho.

— Você sabe qual é o meu nome de guerra? — murmurou ela, aconchegando-se no colo do rapaz.

— Qual?

— Gata. Era assim que o pessoal lá em casa chamava a gente por causa da cor de nossos olhos, lembra? E a mãe, como é que ela tá? Morro de saudades dela.

— Quase enlouqueceu de desespero, mas agora está melhor. Faz parte de um grupo de mulheres que se reúnem todas as segundas-feiras no Rio em busca dos filhos desaparecidos. O que foi que aconteceu, afinal? Procuramos você em todos os lugares possíveis e imagináveis: hospitais, necrotérios, delegacias, orfanatos, e nada! Todo mundo pensou que você tinha morrido, menos mamãe. Ela sempre manteve a esperança de te encontrar viva algum dia.

— Nunca vou me esquecer da tarde em que me levaram — relembrou Adriana, fechando os olhos. — Eu tinha ido comprar pão na padaria. Um casal se aproximou de mim. Disseram que eu era muito bonita. Compraram doces e me ofereceram uma carona. Quando entrei no carro deles, me botaram um lenço molhado no nariz e arrancaram em disparada. Apaguei. Quando acordei estava num avião, desses pequenos, com mais duas meninas da minha idade...

— Raptadas também?

— Sim. Bem, só sei que fomos levadas para o Paraguai. Ali ficamos numa casa isolada sob os cuidados de uma velha. Apanhamos muito para que parássemos de chorar. Também nos doparam e nos fizeram tomar bebida alcoólica à força, enquanto a megera nos ensinava como lidar com os homens numa cama... Depois, fiquei uns meses posando com outras garotas para fotografias e vídeos pornográficos. Mais tarde, fui rifada pra um fazendeiro. Quando ele se cansou, me repassou pro dono de um bordel na Guiana Francesa, onde morei até ser trazida pra cá por um matador de aluguel apaixonado.

— Por isso é que você tem um sotaque meio estranho. Me diga uma coisa: você nunca tentou fugir, ligar ou pedir ajuda pra alguém?

— De que jeito? Eles vigiam a gente o tempo inteiro. Fora as surras e ameaças de morte. Eu sabia o número do telefone daquela nossa vizinha, mas depois acabei esquecendo. Com o passar dos anos e, principalmente, com a ajuda das drogas fui me acostumando a essa vida — explicou, arregaçando a manga da blusa.

— Miseráveis! — exasperou-se Rafael ao ver o braço da irmã todo marcado de picadas de agulhas.

— Muitas vezes pensei em me matar, como outras meninas que não suportaram os maus-tratos e as saudades da família. Mas não tive coragem.

— E os homens? Nenhum deles se incomodava com o fato de você ser menor de idade?

— Pelo contrário. Quanto mais nova, melhor. Sempre acreditaram na história que os sequestradores me obrigaram a decorar.

— Qual?

— Que fui vendida por meus pais.

Nisso, bateram na porta, esmurrando-a como se quisessem botá-la abaixo:

— Como é que é?! — reclamou uma voz grossa do lado de fora. — Vai ser pra hoje ou não?

— Já estamos saindo — respondeu Adriana, pondo-se de pé.

— Quem era? — quis saber o irmão.

— O segurança. Nosso tempo acabou. Temos dez minutos contados pra cada freguês.

— Você vai sair desse lugar nojento, agora! — ordenou Rafael, agarrando a menina pelo braço.

— Não seja besta! Os capangas do dono te

matam e somem com seu corpo. E, cuidado, meu homem é um matador profissional — avisou. — Eu te ligo mais tarde pra combinarmos um jeito de você me tirar daqui.

— Como?

— Eu tenho um celular. Quer dizer, é do meu cafetão, o Toinho. Ele sempre deixa o aparelho comigo quando viaja. É uma maneira dele me controlar a distância.

— Ah, foi assim que você passou a mensagem.

— Foi. Outra coisa, nem pense em avisar a polícia. A maioria é subornada e vários deles são sócios ou empregados das boates.

— Uma última pergunta — pediu Rafael. — Como foi que você me localizou?

— Vi sua foto na página esportiva do jornal de ontem. Tava com uma medalha no peito ao lado dos outros integrantes da equipe carioca de caratê. Te reconheci na hora. Meu coração quase explodiu quando li seu nome. Daí, não foi difícil achar o hotel onde sua delegação está hospedada. Liguei pra recepção e pedi pra eles anotarem o recado. Sei até o número de seu quarto — esclareceu ela. — Ande, vamos embora antes que desconfiem de você.

— Tá, mas se você não entrar logo em contato comigo, sou capaz de cometer uma loucura. E, além do mais, tenho que voltar para o Rio amanhã à tarde.

— Fique calmo. Vai dar tudo certo — disse ela, beijando-lhe o rosto. — Ah, não se esqueça do pagamento — lembrou, estendendo a mão, com um sorriso maroto.

3

Rafael deitou-se do jeito que saiu do chuveiro, todo molhado, respingando água pra tudo quanto era lado. A ducha gelada o ajudara a esfriar a cabeça e, também, a abrandar o calor sufocante, que nem mesmo o velho aparelho de ar-condicionado do hotel conseguia espantar. O bafo quente e úmido de Manaus deixava qualquer visitante de mau humor, além de provocar uma moleza danada no corpo, apelidada pelos manauenses de "leseira baré".

Recuperara-se, aos poucos, do impacto da notícia que recebera à queima-roupa na boate. Num turbilhão de imagens desbotadas, reviu os momentos de angústia passados por sua família misturados com reminiscências de sua juventude.

Adriana fora raptada aos sete anos. Na época ele tinha quinze. Seis anos haviam transcorrido desde então, fez as contas, espantando-se com a velocidade do tempo.

Ele e a irmã haviam herdado os olhos verdes do pai, um marinheiro holandês, que a mãe conhecera quando trabalhava como camareira num navio da marinha mercante. O marujo, louro e branco como uma cera, enamorou-se da morena brasileira. Deu baixa e trabalhou como mecânico de carros numa oficina ao lado da casa que construiu para a família num subúrbio do Rio de Janeiro. Morreu num acidente de trânsito, pouco depois do nascimento da filha caçula.

Adriana destacava-se por sua beleza desde muito pequena. Um rosto perfeito, emoldurado por cabelos negros cacheados e olhos da cor do mar. A mãe sonhava em vê-la trabalhando num programa infantil na televisão ou estrelando comerciais. Iludida, inscrevera Adriana numa agência de modelos e andava com um *book* fotográfico da garota para cima e para baixo, à espera de uma grande chance.

O rosto da filha, ironicamente, acabou espalhando-se pelo Brasil afora, só que estampado em sacolas de supermercados ao lado das fotos de dezenas de crianças desaparecidas.

Rafael refugiou-se nas artes marciais que praticava desde garoto. Os golpes que desferia nos sacos de areia eram seu grito de desabafo. Aos dezoito anos já ostentava a faixa marrom e ganhara uma série de medalhas e troféus defendendo a seleção carioca de caratê.

Depois, passou três anos no exército. O último, em Angola, como integrante das tropas de paz da ONU, num pelotão de elite, desarmando minas antipessoais. Uma tarefa de alto risco que exigia sangue-frio e precisão milimétrica, já que qualquer erro poderia ser fatal. Especializara-se em desativar dois tipos de minas, que são divididas em duas grandes categorias e várias sub-

categorias. Cabiam-lhe, justamente, as mais perigosas: as de contato, escondidas embaixo do chão, que explodem ao receberem um peso acima de seis quilos, e as de fragmentação, que ficam acima do solo, capazes de espalhar fragmentos metálicos num raio de cem metros.

A guerra civil que arrasara o país africano deixara sequelas terríveis e um número incalculável de mutilados. Nunca vira tantas pessoas sem braços e pernas em sua vida. Na maioria, crianças, amparadas em muletas rústicas.

Milhares de bombas permaneciam enterradas ou semiocultas ao longo das estradas e dos campos de plantações angolanos, deixando um saldo terrível de morte e destruição.

O que o deixara mais chocado foi o fato de saber que as minas terrestres, responsáveis pela morte ou mutilação de mais de um milhão de pessoas ao redor do planeta, eram fabricadas em cerca de quarenta países, inclusive no Brasil.

Nem mesmo o Prêmio Nobel da Paz recebido pela organização Campanha Internacional pela Proibição de Minas Terrestres e sua coordenadora, a americana Jody Willians, reacendiam-lhe novas esperanças. A campanha tinha sido uma das últimas causas defendidas pela princesa Diana, antes da sua morte num controvertido acidente de carro na França. Fotos de Lady Di com uma menina no colo, em Angola, correram o mundo e ajudaram a dar um rosto às vítimas.

Parecia incrível que grandes potências mundiais — como a China, a Rússia e os Estados Unidos — tivessem se negado a assinar o Acordo Internacional para a Proibição de Minas Antipessoais, firmado por uma centena de países em Ottawa, Canadá.

Fazia menos de seis meses que regressara ao Rio de Janeiro. E agora, na disputa de mais um torneio, por obra do acaso, encontrara a irmã. Ficava revoltado só de lembrar como a menina se transformara num caco ambulante aos treze anos.

Maldizia-se por não tê-la arrancado na hora daquele lugar imundo. E se ela não telefonasse? A quem iria recorrer? Em Manaus, pensou, devia haver uma Delegacia de Proteção à Criança e ao Adolescente. Será que seus funcionários seriam confiáveis?

Sabia que devia haver também na capital amazonense, como em todos os estados brasileiros, autoridades ou órgãos não governamentais ligados aos direitos civis que poderiam ajudá-lo. Mas, por enquanto, achava melhor não procurar ninguém.

Essa e outras dúvidas fervilhavam em sua cabeça, enquanto rolava na cama de um lado para outro. No leito ao lado, seu colega de quarto dormia a sono solto.

De qualquer maneira, estava disposto a tudo. Adriana voltaria com ele para o Rio de Janeiro por bem ou por mal. Sentiu um calafrio ao recordar a irmã, que não passava de uma criança, aprisionada num prostíbulo infantil sob as garras de um pistoleiro.

4

Toinho saiu do matagal à beira da estrada isolada. Olhou com cuidado para os lados e, após certificar-se de que não havia ninguém nas imediações, caminhou calmamente em direção a uma velha ponte de cimento suspensa sobre águas barrentas.

Sacou o revólver que trazia enfiado no cinto e, segurando-o pelo cano ainda quente, jogou-o no meio do rio, obedecendo a uma regra fundamental de sua profissão: desfazer-se o mais rápido possível da arma utilizada no "serviço".

Em seguida, retirou a motocicleta escondida embaixo das pilastras de concreto da construção, empurrando-a de volta à esburacada pista de terra batida. Subiu na máquina, acelerou-a e partiu levantando uma nuvem de poeira — vermelha — igual ao sangue que acabara de derramar.

Só matava por encomenda. O preço variava de acordo com a dificuldade e a importância da vítima. Um pobre coitado, como um lavrador ou um reles ladrão de galinhas, saía por uma mixaria.

Uma figura conhecida ou famosa custava bem mais. Políticos, religiosos e empresários valiam

uma pequena fortuna. Os que estavam em alta, atualmente, eram os cabeças dos invasores de fazendas, feito o líder de um grupo de sem-terra que executara, deixando o infeliz estirado no solo enlameado.

Ficara de tocaia no mato, com a foto da vítima nas mãos, até o barbichinha deixar o acampamento, um amontoado de barracos de lona, rumo a uma reunião do movimento dos trabalhadores rurais.

Não queria saber se o cabra era safado ou não. Sua única preocupação era a de fazer o "serviço" benfeito. Para isso, como era de praxe, recebera metade do dinheiro adiantado. Encarava a morte como uma profissão, na qual tinha que mostrar competência para ser respeitado como um matador.

5

Depois de meia hora rodando em alta velocidade, o pistoleiro alcançou um campo de pouso clandestino, onde um Cessna aguardava para levá-lo de volta a Manaus.

— Como é? — perguntou o piloto, um gorducho falante, preparando-se para a decolagem, assim que outro homem envolvido no esquema desapareceu na estrada com a motocicleta utilizada pelo matador.

— Tudo certo — respondeu Toinho, laconicamente, espanando a poeira que o cobria dos pés à cabeça.

Tinha pressa de regressar à capital. A polícia, pressionada pela imprensa, estava dando batida nas boates à procura de jovens prostitutas. Sabia que tudo não passava de uma operação de maquiagem das autoridades locais para esconder as provas da exploração sexual de crianças. Depois, quando as coisas esfriassem, tudo voltaria ao normal, funcionando, como sempre, escancaradamente, em pleno centro da cidade.

Pior mesmo era na região dos garimpos, onde estivera "a trabalho". Ali, as meninas eram mantidas em regime de escravidão e seus "serviços" chegavam a ser oferecidos nos cardápios dos bares. Muitas delas eram vendidas pelos pais, conforme um veterano aliciador lhe contara, forçados a isso pela vida miserável que levavam. A sua atual protegida era uma dessas. Fora jogada na prostituição pelos próprios parentes.

Precisava levar Adriana para um lugar seguro, planejou, ajeitando-se na poltrona do avião. Talvez pudesse levá-la na próxima viagem. Fora contratado para uma empreitada no interior da Bahia, perto da divisa com Pernambuco. Dali, prosseguiria até Garanhuns, sua terra natal, onde pretendia passar uns dias. Mas para isso teria de consultar o mandante.

Estava doido para rever a garota. Enrabichara-se pela diabinha de olhos verdes desde a noite em que a encontrara num bordel da Guiana Francesa, país onde tivera de se refugiar durante uns tempos.

6

Adriana permaneceu acordada, alerta, esperando que todos dormissem. Só lá pelas seis da manhã, depois de os últimos clientes terem ido embora, é que as coisas começavam a acalmar.

Assim que as portas da boate se fechavam, as meninas, mortas de cansaço, recolhiam-se aos seus aposentos, que ficavam num sobrado nos fundos do estabelecimento.

Gata estava acostumada a trocar o dia pela noite, atravessando as madrugadas com a ajuda de "bolinhas", que a deixavam com os olhos esbugalhados. Sua saúde ia de mal a pior. Emagrecia cada vez mais, além de sofrer com a tosse persistente que a perseguia há tempos.

Quando tudo se aquietou, ela foi até o banheiro coletivo, trancou-se na toalete imunda e ligou para o hotel:

— Alô? Eu queria falar com o quarto número doze — pediu ao recepcionista.

Depois de um momento que lhe pareceu infindável, a ligação foi completada.

— Rafael?... Sou eu, Adriana... Sim, tá tudo bem. Preste atenção. Me encontre daqui a quatro horas no Amazonas Shopping... Isso, às dez horas, em frente à loja... Não dá pra falar mais... O quê? O número?... Onde?... No visor?... Achei, é... Tá, pode deixar que eu faço. Tchau, um beijo.

Desligou e, em seguida, conforme as instruções do irmão, ligou novamente três vezes seguidas para um programa de rádio, que distribuía prêmios aos ouvintes, de modo que Toinho não conseguisse rastrear a ligação que ela tinha efetuado para o hotel.

Voltou para o quarto. As colegas, três garotas

entre onze e catorze anos, extenuadas, roncavam pesadamente. Nem um tiro de canhão conseguiria acordá-las. A mais nova, que sonhava casar, ter um lar e uma família, havia fugido de casa depois de ter sido estuprada pelo padrasto.

Tinha de se apressar. O cafetão poderia reaparecer, como sempre, de uma hora para outra.

Antes de começar a arrumar suas coisas, uns trapos que mal enchiam uma bolsa, tirou de uma caixinha de metal os pertences que lhe eram mais valiosos naquele momento: documentos, todos falsos, usados para se livrar das eventuais fiscalizações.

O registro de nascimento e a carteira de identidade, com o nome de Marinalva da Silva, atestavam que ela tinha dezoito anos. Os papéis frios, com idades alteradas, eram usados pela maioria de suas companheiras. Uma rede de falsificadores, utilizando registros de pessoas mortas, forneciam os documentos aos donos dos bordéis. Essa verdadeira máfia legalizava a prostituição, de modo que as menores não fossem impedidas de "trabalhar". O esquema contava com a ajuda de funcionários de cartórios e delegacias de polícia, devidamente subornados.

De repente, a porta se abriu, e uma voz conhecida pegou-a de surpresa:

— Ué, tá acordada ainda? — perguntou Toinho, invadindo o quarto.

7

Se tinha um troço que tirava Toinho do sério era alguém tentar fazê-lo de bobo. Ainda mais uma menina mal saída das fraldas.

O primeiro tapa que deu no rosto de Adriana, jogando-a ao chão, foi por causa das chamadas feitas por ela para a rádio, durante a sua ausência.

— Isso é pra você aprender a não mexer nas minhas coisas! — gritou. — Eu te avisei que o telefone era só pra receber recados.

O segundo, um tabefe no pé do ouvido, estalou no ar, quando ela, ajoelhada, disse que não queria acompanhar o cafetão.

— Desde quando mulher me desobedece? — zangou-se o pistoleiro, levantando-a pelos cabelos.

O terceiro, seguido de uma saraivada de murros e pontapés, aconteceu na hora em que ela lhe contou que havia reencontrado o irmão. Que só viajaria se pudesse levar o rapaz, mentindo que ele estava enrolado com a justiça e precisava de ajuda para sair de Manaus.

— Pensa que sou trouxa? Que vou acreditar nessa história? Um sujeito que você não via desde o dia em que seus pais te venderam, ter entrado por acaso na boate?

— Eu juro que é verdade. Ele se parece muito comigo. Tem os olhos verdes iguais aos meus. Nós nos reconhecemos na mesma hora. Se eu estiver mentindo, você pode me matar — implorou Adriana, agarrando-se às pernas de Toinho, numa última e desesperada tentativa.

— Será um prazer — respondeu o desconfiado pistoleiro, mordido de ciúmes, dando um lenço para a garota deter o sangue que lhe escorria pelo nariz.

8

No salão de refeições, ainda vazio nas primeiras horas da manhã, Rafael folheava as páginas de um dos jornais da capital, *A Crítica*, quando encontrou uma matéria sobre um congresso que fora realizado em Estocolmo, na Suécia, contra a exploração sexual de crianças.

Entre uma xícara e outra de café, foi conferindo os dados levantados pela reportagem. Mais de mil delegados de cento e vinte e seis países e de cinquenta organizações não governamentais reuniram suas forças para fazer um alerta e dar um ultimato ao mundo: FIM À PROSTITUIÇÃO INFANTIL.

Os congressistas, após vários dias de debate, adotaram um plano global de ação contra a prostituição forçada de menores. O documento final clamava por providências contra o tráfico, o sequestro, a violência, o turismo sexual e a pornografia infantil.

Os números eram revoltantes. De acordo com as estatísticas do Unicef, cerca de um milhão de crianças são submetidas à prostituição em vários países, tanto do Primeiro como do Terceiro Mundo.

O flagelo se espalhava desde as sarjetas asiáticas às ensolaradas calçadas das praias tropicais, estendendo-se até as profundezas dos gélidos metrôs europeus.

O medo da aids aumentava a procura por jovens prostitutas, supondo-se erroneamente que elas estivessem menos sujeitas a serem contaminadas por doenças venéreas.

Em regiões com altos índices de pobreza, a miséria fazia com que meninas vendessem seus corpos, muitas vezes, com o consentimento da própria família.

Na trilha do horror, destacava-se tristemente o Brasil, com números semelhantes aos da Ásia e África.

O evento se dera pouco depois de a Europa ter sido abalada pela tragédia ocorrida na Bélgica. Um grupo de pedófilos sequestrava, torturava, vendia e, quando necessário, matava suas vítimas. Os corpos de duas meninas, ambas de apenas oito anos, haviam sido descobertos no porão da casa de um dos integrantes da quadrilha.

Nenhum país estava a salvo dos predadores, que infiltravam seus tentáculos, inclusive, nas telas dos computadores através da Internet.

Rafael, enojado, parou de comer e fechou o jornal. A manchete do dia, ironicamente, anunciava que as autoridades de Manaus pretendiam deslanchar uma ofensiva contra os bordéis que usavam menores em seus estabelecimentos.

9

Às dez horas em ponto, Rafael estava em frente à loja onde marcara encontro com a irmã, no amplo e refrigerado *shopping center* localizado no bairro da Chapada. Uma multidão percorria os corredores, acotovelando-se em disputa pelos aparelhos eletrônicos exibidos nas vitrinas. Os preços ali eram mais altos dos que os praticados nos movimentados e calorentos quarteirões da Zona Franca, no centro. Mas, em compensação, proporcionavam aos clientes duas grandes vantagens: conforto e, principalmente, o ar condicionado.

Esperou até o meio-dia, em vão. Nada de Adriana aparecer. Angustiado, ligou de um orelhão para o hotel. Não havia nenhum recado para ele. Aproveitou e falou com o chefe da delegação. Explicou-lhe que por motivo de força maior não regressaria junto com os companheiros para o Rio de Janeiro. Já tinha fama de ser um cara meio louco mesmo, fechado e caladão, que mal falava com os companheiros. Sabia de antemão que seu gesto seria encarado como mais uma de suas maluquices. Antes de desligar, teve de aturar um irado sermão e a ameaça de afastamento de futuras convocações.

Para as despesas extras, calculou, lançaria mão do cartão de crédito. Conseguira economizar uma grana razoável durante o período passado em Angola. Pensara até em comprar uma passagem aérea para Adriana, mas o voo daquela tarde estava lotado.

Não queria saber de nada. O mais importante agora era achar a irmã. Em seguida, falou com a mãe, valendo-se do telefone de uma vizinha. Avisou-a de sua decisão, pedindo que não se preocupasse. Disse que estava a fim de passar mais uns dias em Manaus, conhecer a floresta amazônica e pronto.

Depois, tomou um táxi e mandou seguir para a boate Rouxinol.

10

A porta de entrada da casa noturna estava apenas encostada. Lá dentro, um solitário empregado passava um pano molhado no chão, em meio às cadeiras emborcadas em cima das mesas.

O homem, um baixote com gestos efeminados, parou de trabalhar ao pressentir a presença do estranho e, apoiando-se no cabo da vassoura, foi logo perguntando:

— O que você quer? Já fechamos, meu bem.

— Estou procurando uma garota — respondeu o rapaz, encaminhando-se com passos firmes em direção ao funcionário.

Nesse instante, uma silhueta maciça surgiu dos fundos do salão, reclamando aos berros:

— O que está havendo aqui? — inquiriu o grandalhão, visivelmente mal-humorado por ter sido acordado, limpando com a ponta da camiseta a remela dos olhos empapados.

— Ele tá querendo ver uma menina — informou o baixinho.

— Qual é? Vai caindo fora daqui — ordenou o parrudo, apontando a saída.

Como a ameaça não surtiu efeito, avançou para cima do intruso, com a cabeçorra abaixada, igual a um touro bravio.

Rafael, com os olhos fixos no oponente, aguardou a investida do brutamontes. Com um leve girar do corpo, num passe de toureiro, desviou-se do atacante, ao mesmo tempo que aplicava um *shuto*, golpe com a borda da mão aberta, no pescoço do vigia, como se estivesse usando um sabre.

Depois, montou no peito do estatelado adversário, imobilizando-o completamente, sem perder o primeiro empregado de vista. O sujeitinho, apavorado, acompanhava tudo a distância, encostado ao balcão do bar.

— Cadê a Gata? — interrogou, apertando o gogó do segurança.

— O Toinho levou ela hoje cedo.

— Pra onde?
— Não tenho a mínima ideia. Você é da polícia?
— Sou — mentiu Rafael. — Levante e me mostre o quarto dela — mandou, saindo de cima do outro. Antes, revistou-o, encontrando uma pistola automática enfiada no cinto por detrás da calça. Apossou-se dela e, mantendo os dois prisioneiros sob a mira da arma, conduziu-os à sua frente rumo aos dormitórios.

11

Atravessaram, em fila indiana, uma longa passarela de ripas sustentadas por estacas fincadas num lamaçal, equilibrando-se para não caírem no lodo que exalava um odor putrefato. O bamboleante caminho ligava a boate a uma casa de madeira com dois andares e telhado de zinco. O cadeado que trancava a porta foi aberto com uma das chaves carregadas pelo segurança.

— Você tem carro? — perguntou Rafael, apossando-se do chaveiro.
— Sim. Um fusca vermelho.

A seguir, percorreram os quartos abafados, um a um, nos quais várias meninas dormiam profundamente. Num deles, duas garotas tremiam, gemendo baixinho, provavelmente com malária. O que não era de estranhar numa cidade que registrava dezenas de novos casos da doença, diariamente, enquanto as autoridades responsáveis pela área da saúde trocavam acusações pela imprensa.

No quarto de Adriana, no andar superior, enfeitado como os outros com calendários, retratos de artistas e imagens de santos, só sua cama estava vazia.

Desceram. Rafael amarrou o segurança e o servente em duas cadeiras, prendendo e amordaçando-os com tiras de pano. Depois, regressou pela tortuosa pinguela ao salão da Rouxinol, levando o molho de chaves, entre elas as do fusca pertencente ao segurança.

Pegou o aparelho que havia junto à caixa registradora e, após consultar o catálogo telefônico, ligou para a Delegacia de Proteção à Criança e ao Adolescente. Denunciou o estabelecimento, citando a presença de menores em seu interior, inclusive o fato de algumas delas estarem doentes e necessitando de assistência médica.

Numa última jogada discou o número que a irmã lhe havia dado. Na primeira tentativa a ligação não foi completada. Na segunda, deu ocupado. Na terceira também. Na quarta, atendeu uma voz feminina:

— Adriana?

— Sim. Tava tentando te ligar agorinha. Mas não te encontrei no hotel. Eu furei hoje cedo porque o meu cafetão apareceu de repente.

— Onde é que você está?

— Num campo de aviação fora da cidade.

— Você vai viajar?

— Vou. O Toinho arrumou uma parada e cismou de me carregar com ele. Porém, arrumei um jeito de você ir comigo...

12

Rafael escondeu a pistola embaixo da camisa e, antes de sair, decidiu completar o serviço. Pegou um punhado das garrafas de cachaça do bar e quebrou, espalhando seu conteúdo pelas tábuas da pista de dança. Depois, foi só riscar um palito de fósforo para que as chamas começassem a lamber as paredes de madeira. Pelo menos os bombeiros iriam ter de aparecer, deduziu, abandonando o lugar às pressas.

Ofegante, entrou no fusquinha vermelho, todo enferrujado, estacionado em frente à boate, pronto para o que desse e viesse.

Estava acostumado a enfrentar desafios. Sempre sozinho, num tatame ou em campos minados, em ações nas quais seu treinamento e autocontrole eram postos à prova. Sua vida estivera literalmente por um fio durante o tempo que serviu no esquadrão antibombas em Angola.

Achava o plano arquitetado pela irmã uma verdadeira loucura. Embarcar num avião carregado de muamba, ao lado de um matador profissional, sob o pretexto de estar fugindo da polícia.

Mas não seria agora que iria recuar diante do perigo, decidiu, enfiando o pé no acelerador.

13

O passageiro do táxi foi barrado por dois homens armados, assim que desceu em frente ao portão de uma imensa propriedade localizada na periferia de Manaus.

Rafael, por medida de segurança, trocara de veículo na saída da cidade, abandonando o fusquinha vermelho num posto de gasolina.

— Pode passar — ordenou um dos vigilantes, após revistá-lo rapidamente, apalpando-lhe a cintura e as pernas, sem encontrar a arma escondida na botina.

— Venha comigo — disse o outro vigia, conduzindo o rapaz através de um caminho coberto de pedras britadas que ia dar em frente a um enorme armazém.

Atrás da construção havia uma pista aberta no meio de um capinzal. Algumas pessoas conversavam ao lado de um jatinho, enquanto carregadores despejavam grossos volumes no porão de carga da aeronave. Uma delas, ao ver Rafael, correu ao encontro dele.

— Ai, que bom que você conseguiu — disse Adriana, abraçando o irmão. — Venha, vou te apresentar ao Toinho — falou, puxando-o pela mão.

O matador não era uma figura assustadora, como Rafael imaginara, mas um tipo baixo e franzino, usando um bigode fininho.

— Esse é o Gato. Viu como ele se parece comigo? — falou Adriana.

— É a sua cara — grunhiu o pistoleiro, examinando o moço de olhos verdes com um ar desconfiado, de cima a baixo. Sentia desprezo por aquele cabra, cujos pais haviam vendido a própria filha. Não acreditara muito na história de ele ter aparecido na boate por acaso, por isso aceitara o encontro, para ver se Gata não estava mentindo.

— Então, você tá fugindo da polícia?

— Sim.

— Pode ir com a gente até Juazeiro — decidiu, revelando o destino do voo. — De lá em diante, você se vira por sua conta, certo?

— Certo.

— Podemos partir? — perguntou Toinho, dando as costas para Rafael. Estava preocupado com o serviço que um dos chefões do tráfico de drogas lhe arrumara: acompanhar um carregamento de cocaína destinado a um intermediário no sertão baiano. Não era o tipo de trabalho que estava acostumado a fazer. Mas o pagamento compensava, além de ter recebido carta branca para levar quem ele quisesse.

— Tudo pronto — responderam dois mecânicos erguendo os dedos no ar.

14

Num jatinho o tempo realmente voava, surpreendeu-se Rafael, olhando para baixo. A impressionante paisagem da floresta amazônica entrecortada por rios majestosos, insinuando-se entre a selva impenetrável, cedera espaço de uma hora para outra ao cenário árido do sertão do Cariri.

— Estamos chegando? — perguntou.

— Quase — respondeu o cafetão.

Ele e Adriana, que não parara de roer as unhas, haviam permanecido em silêncio durante a maior parte do voo, num mutismo absoluto, contrastando com o bom humor do piloto e do co-piloto postados à frente do painel de controle.

Toinho se esforçava para não demonstrar a emoção que sentia por estar de volta a sua terra. Após tantos anos de ausência iria rever os familiares e o lugar onde se iniciara na arte de matar, nos arredores de Garanhuns.

A cidade era conhecida pela fama de seus pistoleiros de aluguel. Havia um bar perto de sua casa, no qual conhecidos "profissionais" se reuniam todas as noites, à espera de um contrato. Desde menino, influenciado pelas histórias que ouvira, sonhara em ser um matador.

De repente, o piloto tirou o fone da careca e, torcendo o pescoço para trás, informou aos passageiros:

— Acabei de receber uma mensagem pelo rádio.

— O que foi? — perguntou Toinho.

— Avisaram que um maluco botou fogo na Rouxinol. Tava procurando a Gata. Um sujeito alto, forte e de olhos verdes iguais a esse aí — dedurou, apontando para Rafael.

15

Toinho nem teve tempo de puxar a arma. Quando percebeu, o irmão de Adriana já lhe apontava um revólver, sacado com uma rapidez inesperada.

— Agora, quem dá as ordens sou eu — disse Rafael, encostando o cano da automática praticamente na cara do matador. — E vocês — continuou, dirigindo-se aos tripulantes —, desviem o avião para o aeroporto de Recife.

— Não temos autorização para aterrissar lá — respondeu o piloto.

— Não interessa. Informe a torre de controle de que se trata de uma emergência — retrucou o rapaz, sabendo que, se a manobra desse certo, ele e a irmã estariam a salvo.

Nesse instante, Adriana, sentada no meio dos dois adversários, teve um acesso de tosse, debruçando-se sobre o braço estendido do irmão. Toinho aproveitou-se da oportunidade e, com um tapa, tentou arrancar a pistola das mãos de Rafael. A automática, impulsionada para o alto, disparou uma rajada de balas, provocando pânico entre os tripulantes.

— Parem com isso! Assim vocês vão nos derrubar! — gritou o piloto, enquanto os dois homens lutavam pela posse da arma, embolando-se no chão, em meio ao berreiro histérico de Adriana.

Tarde demais. Os projéteis haviam trespassado a fina camada da fuselagem, fazendo com que o avião, despressurizado, começasse a perder sua estabilidade. O ar, penetrando através dos orifícios, zumbia aterradoramente, ao mesmo tempo em que o jatinho, descontrolado, chocalhando como um liquidificador, precipitava-se rumo ao solo.

16

Rafael, deitado no piso do jatinho, custava a crer que tivesse sobrevivido ao impacto do pouso forçado em plena caatinga. Graças à experiência da tripulação, o jatinho aterrissara no meio do terreno acidentado, decepando cactos e arbustos numa velocidade desenfreada, antes de se estatelar contra um monte de cupinzeiros.

O piloto e o copiloto, porém, não haviam tido a mesma sorte. Os dois morreram esmagados entre as ferragens retorcidas da cabine de comando.

Adriana, atordoada, tentava se desvencilhar do cinto de segurança, enquanto Toinho, com um filete de sangue escorrendo da testa, permanecia desacordado, momentaneamente fora de combate.

— Vamos sair daqui — disse Rafael, soltando a irmã.

O rapaz destravou a porta de segurança e desceu com a garota semidesfalecida em seus braços. Deitou-a à sombra de um arbusto e estudou a paisagem cinzenta a sua volta. Árvores secas estendiam os galhos desfolhados para o céu cor de chumbo.

Era como se tivesse saltado num planeta desconhecido e desabitado. A terra ressecada rachava aos seus pés, como se quisesse engoli-lo para suas entranhas abrasadoras.

Pedaços das asas e rodas do avião, espalhados no chão, completavam o cenário devastado.

Voltou ao interior do jatinho, arrastou o pistoleiro para fora e estendeu-o ao pé de uma árvore de pequeno porte. Com um pedaço da própria camisa, enfaixou a cabeça do ferido, estancando o sangramento que brotava de um corte profundo no couro cabeludo. Antes de abandoná-lo, checou a pulsação e a respiração de Toinho, certificando-se de que este ainda vivia.

A queda do avião, à luz do dia, deveria ter atraído a atenção de alguém, raciocinou Rafael, em dúvida se devia aguardar ajuda ou não ao lado dos destroços. Apreensivo, optou por deixar o local do desastre o quanto antes. Colocou Adriana sobre os ombros e partiu pelo mundaréu afora.

17

Andou aos tropeções durante horas, parando para descansar a intervalos regulares. Durante os exercícios militares, habituara-se a marchar dia e noite carregando um peso bem superior ao da irmã. O estado dela, febril e balbuciando palavras desconexas, era o que o deixava mais preocupado.

Matou a sede no primeiro casebre de taipa que encontrou no caminho. Uma mulher, assustada, deu-lhe uma caneca de água retirada de uma cacimba e informou que faltava pouco para chegar a Juazeiro. Mais um bocado de léguas e alcançaria a estrada onde poderia pegar carona até a cidade.

Anoitecia quando deparou com uma procissão. Um grupo de homens encapuzados, carregando cruzes e entoando cânticos religiosos, surgiu no

meio do nada. Eram encabeçados por um velho alto e de barbas compridas, vestindo uma túnica azul e branca, bordada com uma cruz branca na altura do peito. Um bando de mulheres cadavéricas, de batas compridas e lenços brancos cobrindo os cabelos, fechava o funéreo cortejo.

Rafael sentiu como se tivesse regredido aos tempos da Guerra de Canudos. Às vésperas do século XXI, bandos de fanáticos religiosos ainda perambulavam pelo sertão nordestino como na época de Antônio Conselheiro.

— Quem são vocês? — perguntou o líder dos penitentes, encarando-os com um ar severo.

— Tivemos um problema com nosso avião. Estamos perdidos e precisamos de ajuda — disse Rafael, colocando Adriana, que tremia sem parar, no chão.

— Essa moça tem a cor do pecado — rugiu o lunático, apontando para a garota, ofendido com os reduzidos trajes da pecadora.

— É minha irmã. Ela está doente e necessita de cuidados.

O barbudo fez um sinal com a mão para que o forasteiro aguardasse um pouco. Depois de conferenciar em voz baixa com os outros andarilhos, retornou acompanhado por três deles.

Uma velhinha, toda encarquilhada, cobriu pudicamente o corpo de Adriana com uma manta, antes de a menina ser colocada numa rede sustentada por uma vara comprida no ombro de dois rapazes.

Em seguida, a procissão reiniciou a caminhada, entre rezas e cânticos fúnebres, feito um bando de almas penadas, perdendo-se lentamente na escuridão.

18

Os penitentes moravam numa vila miserável formada por cerca de meia dúzia de casas de barro. Adriana foi levada para o interior de uma delas, reservada apenas às mulheres.

Rafael ficou na casa do decurião, como autodenominou-se o líder religioso da seita dos Borboletas Azuis.

Comeu em silêncio ao lado do barbudo, servindo-se com as mãos de uma porção de farinha e um pedaço de rapadura.

— Eu me chamo José Alves de Jesus — informou o mestre. — Todos os homens aqui da irmandade têm o mesmo nome. Todos são Josés, como o pai de Jesus.

— E as mulheres? — perguntou Rafael, já antevendo a resposta.

— Marias, como a mãe de Jesus. São elas que rezam, cantam e choram no enterro dos anjinhos e dos rapazes e moças virgens. Vivemos em penitência e buscamos a purificação de nossas almas através do açoite e do jejum. Está vendo isso aqui? — mostrou, empunhando um chicote trançado com uma argola de ferro na ponta e cheio de pequenas navalhas afiadas. — É o "cacho". Com ele batemos em nosso corpo até tirar sangue. Para os pecados mais graves, roubo e adultério, o castigo é usar o "selim". Um cinturão de ferro com garras na parte interior, como os espinhos da coroa de Jesus. Quanto mais a pessoa se mexe, mais os cravos penetram na carne do pecador...

— Ninguém trabalha? — interrompeu Rafael,

tentando mudar o rumo da discussão, irritado com o assunto das flagelações.

— Sobrevivemos de esmolas. Não aceitamos dinheiro, só donativos de alimentos, roupas e calçados.

— Mas por que tanto sofrimento? — revoltou-se, como se já não bastasse a existência deplorável daquelas pessoas, entregues à miséria e à ignorância.

— Porque somos os escolhidos de Deus. Juazeiro do Norte é a Terra Prometida, onde nascerá a nova civilização — empolgou-se o pregador, elevando a voz. — Do ano dois mil não passaremos. O Apocalipse acontecerá no final deste século. O mundo será destruído pelo fogo! — profetizou. Os olhos arregalados faiscavam à luz de uma lamparina, como se quisessem saltar das órbitas encovadas. — Apenas nós, os Borboletas Azuis, escaparemos às chamas para dar origem a um novo povo.

— Juazeiro do Norte? Quer dizer que não estamos na Bahia?...

— Não. Isto aqui é o Ceará, meu filho. Amanhã levaremos vocês até perto da cidade. Não podemos nos aproximar muito, pois alguns dos moradores, gente de gênio ruim, costumam nos agredir a pedradas. Durma com Deus — disse ele, encerrando a pregação.

19

Rafael acordou com a monótona ladainha desfiada pelos Borboletas Azuis mesclando-se com o canto dos galos.

Pela janela entreaberta, percebeu que os devotos já estavam a postos no pátio, enfileirados, à espera do mestre.

— Bom dia — disse o decurião entrando no quarto, seguido por um jovem membro da comunidade.

— Bom dia. Como está minha irmã? — perguntou Rafael, após virar a caneca contendo leite de cabra oferecida pelo rapazinho.

— Só Deus é que pode saber. Tá do jeito que chegou, fraca do peito. Vamos embora, antes que o sol comece a esquentar.

O líder dos penitentes aguardou o rapaz se lavar na casinha nos fundos do casebre, posicionando-se com seu cajado à frente dos fiéis.

Quando ele voltou, recebeu um camisolão das mãos de um dos Josés Alves de Jesus.

— Pra que isso?

— O capuz serve pra te proteger a moleira — respondeu o decurião.

Rafael, a contragosto, vestiu a bata azul e branca e colocou-se ao lado da maca na qual sua irmã era conduzida. O estado dela piorara sensivelmente. Olheiras profundas sobressaíam no rosto pálido da garota. O corpo franzino retesava-se e retorcia-se, no fundo da rede, a cada acesso da tosse fina e constante.

20

Toinho limpou o suor da testa, coberta por uma crosta gosmenta de poeira e sangue coagulado.

Aquele cabra nunca o enganara. Desde o primeiro momento desconfiara do moço de olhos verdes. Não tinha a menor aparência de ser um fugitivo da justiça. O modo de vestir, de falar... Mas, como não queria desgostar a menina, aceitara a farsa. Daria um jeito no intrometido mais tarde. Só não entendia como o haviam deixado com vida. Azar deles.

Não fora difícil seguir os rastros dos fugitivos. As pegadas de Rafael deixaram uma trilha bem visível até as imediações de um casebre. A dona da casa, onde também parou para beber água, confirmou que um casal de forasteiros havia passado por ali no dia anterior.

Apressou o passo, apertando a coronha da arma, retirada dos destroços, com um prazer redobrado. Estava doido para alcançar os dois irmãos. O ferimento latejava, como se sua cabeça fosse explodir, deixando-o cada vez mais cego de raiva.

Mais adiante, num vilarejo semideserto, encontrou apenas meninos e meninas pequenas, entregues aos cuidados de uma velha surda, vestida como uma freira.

Prosseguiu pela caatinga adentro seguindo uma picada aberta na vegetação rasteira. Guiado pelo rumor de vozes, avistou um estranho cortejo. Um grupo de penitentes marchava pelo espinheiral, liderados por um barbudo de olhar alucinado. Dois homens carregavam uma rede, seguidos por um punhado de rezadeiras. Deviam estar levando um defunto, pensou.

Lembrou-se do seu tempo de menino. Em sua infância era comum a presença de levas de beatos chicoteando-se uns aos outros. As mulheres, silenciosas, verdadeiras sombras, andavam sempre atrás dos maridos. Tinha pena das crianças proibidas de ir à escola e de brincar.

Viviam em função de uma morte anunciada, tementes dos castigos divinos apregoados por seus mestres. Acreditavam que o mundo iria se acabar em breve, ansiosos por uma vida melhor, num céu ilusório, na hora do acerto final.

De vez em quando, agarrado à barra da saia da mãe, assistia passar em frente a sua casa fantasmagóricas procissões. Assustava-se com os caminhantes varando as noites escuras a caminho dos cemitérios, em meio ao choro das carpideiras, lamentando a perda de mais um anjinho. Os versos das incelências vieram-lhe à mente:

No céu cendeu uma vela
os anjos todos adora
bendita seja tua alma
que vai pru céu nesta hora

Contornou o grupo, escondeu-se atrás de uma pedra e esperou que eles se aproximassem. Um dos encapuzados, notou, destoava dos outros seguidores. Era bem mais alto, parrudo e usava um par de botinas novas. Os olhos verdes, semiocultos pelo capuz, denunciavam a sua identidade.

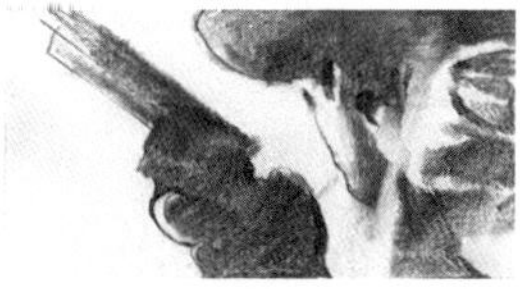

21

Toinho saltou à frente do cortejo, de revólver em punho, como se tivesse sido expelido das profundezas do inferno. A cabeça enfaixada e a roupa empapada de suor, com nódoas de sangue espalhadas pela camisa em frangalhos, davam ao pistoleiro um aspecto aterrador.

— *Vade retro*, Satanás! — ordenou o decurião, erguendo o cajado, não se intimidando com a arma apontada para ele.

Como resposta recebeu um disparo quase à queima-roupa no meio da testa. O impacto jogou o corpo do barbudo para trás, projetando-o de costas no chão. As mulheres trataram de defender as crianças, enquanto os homens avançavam de peito aberto em direção ao agressor.

O matador descarregou a automática em cima dos beatos, derrubando uns quatro atacantes, antes de ser alcançado e imobilizado por mãos sequiosas de vingança.

Rafael, que havia se lançado sobre o corpo da irmã para protegê-la do tiroteio, nem teve tempo de intervir para evitar o massacre. Quando se levantou, ficou chocado com a carnificina causada pela ação insana do matador.

O corpo de Toinho, retalhado pelas lâminas afiadas dos "cachos" brandidos com fúria pelos Borboletas Azuis, estrebuchava numa lenta agonia.

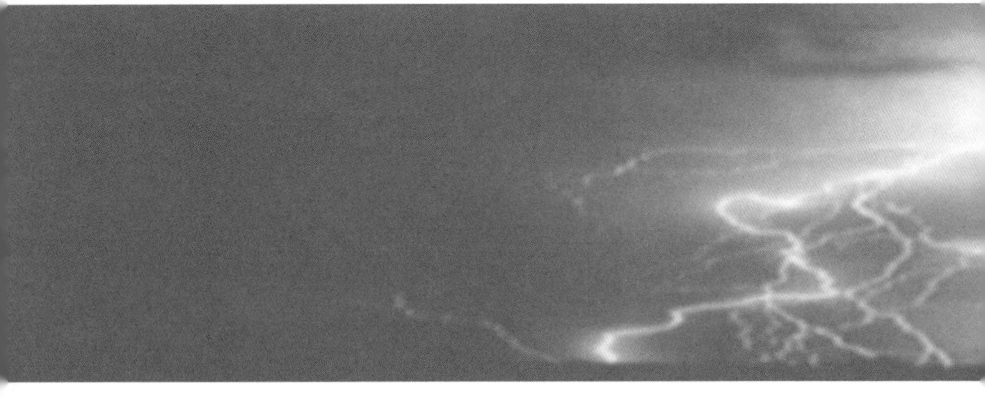

— Diga pra Gata — balbuciou o moribundo, num fiapo de voz, assim que o rapaz ajoelhou-se ao seu lado — que, apesar de eu ser um cabra ruim, gostava muito dela. Só não entendo como vocês tiveram coragem de vender a bichinha...

— Tudo mentira. O nome verdadeiro da minha irmã é Adriana. Foi sequestrada no Rio de Janeiro quando tinha apenas sete anos — revelou Rafael.

— Você é irmão mesmo? — arquejou o pistoleiro, num esforço final.

— Sou. Vou levá-la de volta pra casa.

Toinho fechou os olhos e, com um sorriso zombeteiro entre os lábios ressecados pelo sol causticante, despediu-se do mundo.

Subitamente, raios e trovões reboaram nas encostas das serras distantes. Logo a seguir, as primeiras chuvas da temporada desabaram de roldão, numa verdadeira enxurrada, como se as águas quisessem limpar o solo encharcado de sangue.

— Deus seja louvado! — exclamaram as beatas, erguendo os braços descarnados para o céu abrasador.

22

Os corpos dos beatos foram enterrados em covas rasas, marcadas por toscas cruzes de madeira. No túmulo do decurião, seus seguidores cravaram o cajado do velho mestre, sob o pranto e orações das mulheres:

Era um amante irmão
Era um amante irmão
Adeus irmão
Adeus irmão
Até dia de Juízo

Toinho foi sepultado num ponto mais distante, aos pés de um solitário cacto. Adriana, sustentada pelos braços do irmão, murmurou uma prece de despedida ao pistoleiro.

— Ele não prestava, mas foi o único homem que me amou — disse a garota, enxugando as lágrimas que teimavam em escorrer pelo rosto macilento.

— Vamos embora — falou Rafael.

Os mesmos rapazolas postos à disposição deles desde o dia anterior suspenderam a rede sobre os ombros e, sem dizer palavra, reiniciaram a marcha.

— Aonde vamos? — perguntou Rafael, enquanto se afastavam lentamente dos penitentes, entregues às lamuriosas cerimônias.

— Deram ordem pra gente levar vocês até perto da estrada — respondeu um dos fanáticos.

No caminho, Rafael tentou puxar conversa com os dois tímidos carregadores, numa tentativa de compreender o que se passava na cabeça deles.

— Vocês estudam? — perguntou, sem entender como suportavam viver daquele modo. Alheios aos

estudos e aos divertimentos comuns aos jovens de sua idade.

— Não, senhor — respondeu o mais novo dos Josés Alves de Jesus, sem tirar os olhos do chão. — Eu até que carecia, mas é proibido.

— E namorar? Pode?

— Pode não. Somos castos.

— Você acha que o mundo vai terminar no ano dois mil? — insistiu Rafael.

— O mestre dizia que sim. Agora que ele morreu, eu não sei. O senhor acredita que vai mesmo acabar?

— Não.

— Quem não estiver preparado, tá pebado! — disse o mais velho dos Josés Alves de Jesus, abrindo a boca desdentada pela primeira vez. — No ano mil não acabou, mas de dois mil não vai passar não — sentenciou, pondo um ponto final à discussão.

23

Rafael e Adriana foram deixados num rancho humilde habitado por um idoso casal de lavradores. A moça passou a noite deitada numa esteira sob os olhares atentos do irmão. A febre cessara, graças a uma beberagem feita com ervas pela dona da casa.

— Essa menina precisa de um banho de cheiro — resmungou a velha, depois que Adriana adormeceu.

— Pra quê? — interrogou o irmão.

— Pra afastar o mau-olhado — disse ela, saindo de mansinho para dar início aos preparativos.

Rafael acompanhou pela janela os procedimentos efetuados por mãos experientes sob a luz do luar. Raízes e folhas foram cortadas, raladas e misturadas numa bacia. Depois de coadas, foram cozidas num fogão a lenha e postas para esfriar ao ar livre.

Ao amanhecer, depois que o caldo grosso havia serenado, o corpo frágil de Adriana foi esfregado vigorosamente pela silenciosa benzedeira num cubículo longe dos olhares masculinos.

Rafael nem acreditou quando Adriana reapareceu toda perfumada, com os cabelos molhados após a demorada lavagem.

— Você está melhor? — perguntou.

— Sim — sorriu a garota, abraçando-o com ternura.

Depois de agradecer ao casal a generosa acolhida, os dois irmãos reiniciaram a jornada que parecia não ter fim. Dessa vez foram no lombo de burros pertencentes a um tropeiro vizinho. O condutor, um sertanejo de poucas palavras, levou-os por uma trilha acidentada até a beira de uma estrada asfaltada.

— Fiquem com Deus — despediu-se, acenando o chapéu de couro no ar.

Rafael e Adriana abrigaram-se do sol embaixo de uma árvore à espera de uma condução. Não demorou muito para que conseguissem carona num caminhão lotado de romeiros rumo a Juazeiro do Norte. Um autêntico pau de arara. Os passageiros, cobertos de poeira, espremiam-se nos desconfortáveis bancos de tábuas espalhados ao longo da carroceria.

24

Os romeiros entraram em Juazeiro do Norte como se estivessem chegando ao paraíso. Homens, mulheres e crianças, esquecidos da canseira, cantavam extasiados. Haviam alcançado a cidade-santuário, terra do milagroso “padim” Ciço.

A viagem havia sido um tormento a mais para Rafael. No meio do caminho Adriana começou a passar mal novamente. Teve medo de que ela morresse em plena estrada, com a cabeça molhada de suor, repousada em seu colo.

O motorista do caminhão, num gesto solidário, típico daquela gente sofrida, estacionou o veículo bem em frente ao hospital regional.

O setor de emergência estava lotado. Várias pessoas aguardavam atendimento, amontoadas na sala de espera. Rafael, desesperado, chamou um táxi e pediu que o motorista os levasse a uma clínica particular.

Só foram atendidos graças ao cartão de crédito de Rafael. As roupas sujas e o estado lastimável da irmã causaram má impressão aos funcionários da portaria.

— Vamos ter de avisar a polícia — disse a recepcionista, enquanto preenchia a ficha hospitalar com os dados dos falsos documentos de Adriana.

— Não tem problema — rebateu Rafael, nervoso com a burocracia, e já antevendo os problemas que teria para esclarecer a história em que se envolvera.

O rapaz revoltou-se ao ouvir o comentário preconceituoso de uma paciente que aguardava atendimento na refrigerada sala, assim que os enfermeiros removeram Adriana numa padiola.

— Cruz credo! Parece que tá com aids — cochichou a mulher no ouvido de outra, espantada com o aspecto cadavérico da garota.

Teve vontade de argumentar. Mas aquele não era o momento. Afinal, muitas pessoas são vítimas da falta de informações que gera esse tipo de preconceito.

Ficou à espera de notícias sobre o estado da irmã, andando de um lado para o outro, impaciente. Não tinha condições de manter Adriana numa casa de saúde particular por muito tempo. Logo, logo, estouraria o limite do seu cartão de crédito. Tinha de removê-la para o Rio de Janeiro o mais cedo possível. Precisava passar primeiro num banco. Comprar roupas também. A que usava estava imunda. Arrumar um lugar para dormir. Comer. Localizar, com urgência, o Juizado de Menores local. Tudo isso passava pela cabeça de Rafael, enquanto procurava afastar imagens dramáticas de seus pensamentos.

Na África testemunhara o sofrimento e a agonia de doentes em estado terminal, morrendo como moscas em enfermarias infectas, por absoluta falta de recursos. Adriana, pelo tipo de vida que levara até então, pertencia a um dos segmentos da população mais vulneráveis à contaminação: drogas e prostituição. Uma combinação fatal que vinha ceifando milhões de vidas anualmente. Sabia que a contaminação pelo HIV alcançava índices alarmantes, principalmente entre os usuários de drogas injetáveis. Adriana confidenciara-lhe que não se picava desde que conhecera Toinho e que sempre usava camisinha, mas, mesmo assim, ficava cada vez mais preocupado. Só sossegaria após o diagnóstico dos médicos.

Depois de uma longa espera, uma enfermeira entrou na sala com uma ficha na mão e avisou:

— A garota vai ficar internada.

— Posso vê-la?

— Sim, mas rapidinho.

A jovem atendente levou-o ao quarto em que Adriana dormia profundamente com uma série de tubos ligados ao corpo. A cabeleira da irmã havia sido cortada. Parecia mais jovem ainda de cabelos curtinhos.

— Por que fizeram isso? — revoltou-se, recolhendo um dos cachos que ficara jogado no chão.

— Estava com o couro cabeludo cheio de cortes — explicou a mulher.

— O que ela tem?

— Só depois de os exames médicos ficarem prontos é que poderemos saber. Como estava muito fraca, vai ficar no soro até segunda ordem.

Rafael, antes de sair, recebeu o consolo de uma faxineira já de meia-idade:

— Lembre-se das últimas palavras do nosso santo protetor — disse a devota, entregando-lhe um santinho com uma foto do "padim" Ciço.

No verso do cartão a derradeira frase do Padre Cícero: "No céu pedirei a Deus por todos vocês".

Agradeceu e, sem esconder a revolta, deixou a clínica cantarolando entre os lábios cerrados:

— "Eles vivem penando aqui na terra, esperando o que Jesus prometeu...".

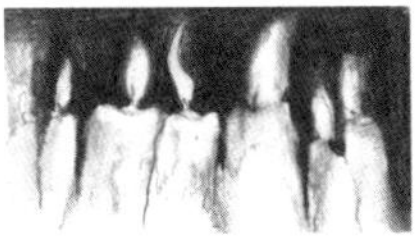

25

Rafael andou como uma barata tonta pelas ruas atulhadas de romeiros vindos de todos os cantos. Uma infinidade de lojas explorava a crendice popular. Vendiam estatuetas, livros, fotografias, calendários, chaveiros — e tudo que se possa imaginar — vinculados à imagem do Padre Cícero. Cantadores de cordel faziam sucesso enaltecendo a vida do santo homem em versos. Fotógrafos arrancavam os últimos centavos dos passantes convidando-os a posar junto a uma réplica em tamanho natural do venerado sacerdote.

Um senhor tentou convencê-lo, sem sucesso, a conhecer a estátua de vinte e sete metros de altura do padroeiro, erguida na Serra do Horto.

— É a terceira obra de concreto do mundo. Perde apenas para a Estátua da Liberdade, em Nova Iorque, e para a do Cristo Redentor, no Rio de Janeiro — disse o homem, sem esconder o orgulho.

Empurrado pela multidão, o rapaz entrou na Casa dos Milagres. Um salão com centenas de ex-votos espalhados pelas paredes: peças de madeira, gesso e plástico representando pés, pernas, braços, mãos e cabeças dos fiéis que tiveram suas graças atendidas pelo "padim" Ciço balançavam tetricamente sobre as cabeças dos romeiros. Fotos, cartas e muletas demonstravam o prestígio e a crença inabalável nos poderes do "padim".

Movido por uma força estranha, enfiou a mão no bolso, retirou o cacho de cabelo da irmã e jogou-o ao lado das milhares de oferendas. Precisava sair dali. O ambiente opressivo, o empurra-empurra de corpos suados e o burburinho de vozes e preces o estavam deixando atordoado.

Parecia que já tinha estado antes naquele lugar. De repente, tudo se esclareceu. Fora um filme brasileiro que vira ao regressar da África. Lembrou do nome: *Central do Brasil*. A comovente viagem de uma mulher e uma criança, interpretada por atores excepcionais, através do sertão nordestino.

Sentou-se num banco da praça. Respirou fundo. Num poste bem à sua frente havia um cartaz com fotos de crianças desaparecidas!

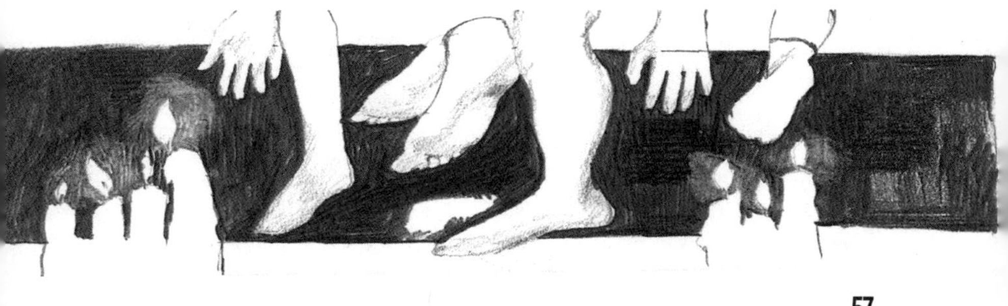

LOCALIZADA
DESAPARECIDA

26

Os dias seguintes foram bem mais animadores para Rafael. Graças ao telefone do SOS Crianças Desaparecidas entrou em contato com uma rede de familiares, autoridades, advogados e entidades envolvidas com desaparecimentos de menores. Uma ajuda providencial. Sem o apoio dessas pessoas não teria conseguido resolver nem metade dos problemas financeiros, policiais, judiciais e burocráticos na luta travada pela vida da irmã.

Adriana, antes de ser transferida para Fortaleza, passou três dias sob intensos cuidados médicos na clínica. Na capital, depois de submetida a uma bateria de testes, foi diagnosticada uma pneumonia dupla.

O resultado, embora preocupante, deixou Rafael aliviado. Suas suspeitas de que a irmã fosse soropositiva não tinham se concretizado. Os exames iniciais tinham sido todos negativos!

Mas a luta não terminara. Nos próximos meses a garota ainda teria de passar por novos exames, devido ao período de janela imunológica, tempo que a pessoa leva para desenvolver os anticorpos. Além disso, seria fundamental um apoio psicológico que a ajudasse a superar as marcas da experiência traumática que vivera desde o seu sequestro.

Agora, finalmente, Rafael podia ligar para a mãe dando-lhe a boa notícia: em breve estaria de volta, levando a filha que ela nunca desistira de reencontrar.

O caso tivera uma ampla cobertura da imprensa. A mistura bombástica envolvendo tráfico de drogas, pistoleiros de aluguel e corrupção de menores rendeu um bom assunto aos jornais.

Em Manaus, as autoridades vangloriaram-se de terem fechado várias casas ligadas à rede de prostituição infantil, após a repercussão causada pelas denúncias de Rafael aos meios de comunicação. De acordo com o governador do Estado, tudo seria apurado até as últimas consequências. Doesse a quem doesse, prometeu, numa concorrida entrevista.

O rapaz sabia que apenas uma ponta do *iceberg* havia sido atingida. Que milhares de meninas como Adriana continuariam sendo exploradas enquanto o quadro social não mudasse no Brasil. Jornalistas, escritores, políticos, enfim, toda a sociedade ainda teria muito trabalho pela frente.

Fizera a sua parte e queria fazer muito mais. A primeira coisa que faria ao regressar ao Rio seria se filiar a uma organização que combatesse a prostituição infantil. Queria juntar sua voz à de tantos outros ativistas para lutar e protestar em nome das jovens silenciadas em cárceres privados espalhados pelo mundo afora.

Qual delas não gostaria de repetir a frase pronunciada por Adriana naquela manhã quando ele entrou na enfermaria:

— Me leva pra casa!

27

Dona Elza nem conseguiu dormir direito. O telefonema de Rafael quase a matara de susto e felicidade. Mal podia acreditar que fosse rever a filha sequestrada há seis anos.

Antes de sair de casa, acompanhada por um

grupo de mães de crianças desaparecidas, deu uma caprichada no visual. Botou um vestido novo e passou um batonzinho. Lamentou não ter tempo de pintar os cabelos que haviam embranquecido precocemente.

Aguardou, nervosa, no saguão do aeroporto internacional do Rio de Janeiro o voo vindo de Fortaleza. Com o coração nas mãos, conferia os passageiros que iam saindo aos poucos da sala de desembarque.

Nisso, um princípio de tumulto. Fotógrafos e câmaras de televisão cercaram um rapaz alto, pele queimada de sol. Rafael!

A mãe abriu caminho com dificuldade entre os afoitos jornalistas. No meio da confusão vislumbrou uma mocinha. Miúda, magra, de cabelos curtos, tentando se desvencilhar dos repórteres.

Tinha os olhos verdes como o mar. Era a sua menina que nunca desistira de reencontrar e por quem batalhara dias e noites, ano após ano, numa busca incansável.

— Gata! — gritou, abrindo os braços.

Adriana olhou com espanto para a senhora de cabeça grisalha que a chamara pelo apelido familiar.

— Mãe! — reconheceu, aninhando-se no colo acolhedor.

As duas abraçaram-se com força enquanto cartazes com rostos de crianças desaparecidas eram agitados no ar. Na foto de Adriana, ainda criança, uma etiqueta branca fora afixada com a seguinte palavra: LOCALIZADA.

Colabore com os familiares de pessoas desaparecidas. Qualquer informação é muito importante.

Associação Brasileira de Busca e Defesa à Criança Desaparecida, informalmente conhecida como "Mães da Sé"
www.maesdase.org.br
tel.: (0**11) 3337-3331
Rua São Bento, 370 — 9º andar, conjunto 91, sala 2
01010-001 — São Paulo — SP

Cadastro Nacional de Crianças e Adolescentes Desaparecidos
www.desaparecidosdobrasil.org
www.desaparecidos.gov.br

Cadastro Nacional de Pessoas Desaparecidas — CNPD
www.cnpd.org.br

Comitê Internacional da Cruz Vermelha — CICV — Pessoas Desaparecidas
www.icrc.org/por/war-and-law/protected-persons/missing-persons/

Desaparecidos do Brasil — Ministério da Justiça
http://portal.mj.gov.br/Desaparecidos

Fundação para a Infância e Adolescência — FIA
www.fia.rj.gov.br
tel.: (0**21) 2334-8012/2334-8030/2334-8014
Rua Voluntários da Pátria, 120/Botafogo
22270-010 — Rio de Janeiro — RJ

Projeto Caminho de Volta — Tecnologia na busca de crianças e adolescentes desaparecidos
www.caminhodevolta.fm.usp.br

Sicride — Serviço de Investigação de Crianças Desaparecidas
www.sicride.pr.gov.br

The National Center for Missing & Exploited Children (em inglês)
www.missingkids.com

Rogério Andrade Barbosa é professor, escritor, contador de histórias e ex-voluntário das Nações Unidas na Guiné-Bissau, África. Graduou-se em Letras pela Universidade Federal Fluminense – UFF e fez pós-graduação em Literatura Infantil na Universidade Federal do Rio de Janeiro – UFRJ. Trabalha com histórias do folclore brasileiro, na área de Literatura Afro-Brasileira e Africana, e em programas de incentivo à leitura, proferindo palestras e dinamizando oficinas.

Em 25 anos de carreira, publicou mais de 90 livros infantis e juvenis (cinco deles traduzidos para o espanhol, alemão e inglês).

Recebeu diversos prêmios, entre eles o Prêmio da Academia Brasileira de Letras de Literatura Infantil e Juvenil (2005) e o Prêmio Ori (2007), da Secretaria das Culturas do Rio de Janeiro, concedido aos que se destacam na valorização da matriz negra na formação cultural do Brasil.

Alguns de seus livros foram selecionados para o The White Ravens (acervo da Biblioteca Internacional de Literatura Infantil e Juvenil de Munique, na Alemanha) e para a Lista de Honra do International Board on Books for Young People – IBBY, na Suíça.

Participou como autor, palestrante e contador de histórias das Feiras do Livro de Frankfurt (Alemanha), Bolonha (Itália), Luanda (Angola), Santo Domingo (República Dominicana), Guadalajara e Cidade do México (México); do Projeto *Doy a Palabra a Mis Histórias*, em Lima (Peru), do II Encontro Iberoamericano de Literatura para Crianças e Jovens, em Havana (Cuba), e, também, palestrou no Centro Cultural Brasil-Moçambique, em Maputo (Moçambique), e no Centro Cultural Brasil Cabo Verde, em Praia (Cabo Verde). Também participou de congressos do IBBY em Cartagena (Colômbia), Basel (Suíça), Cape Town (África do Sul), Macau (China) e Copenhagen (Dinamarca).

Além disso, é professor-estagiário na Perboskolan – Skultuna (Suécia).

Para conhecer um pouco mais do trabalho do autor, acesse:

www.rogerioandradebarbosa.com

Para entrar em contato com o autor, escreva para o *e-mail*:

randbar@gbl.com.br

Sobre o ilustrador:

Rogério Borges é também escritor, programador visual e desenhista publicitário. Já ilustrou dezenas de livros de escritores consagrados e premiados. Em 1988, recebeu o prêmio Lourenço Filho pelo conjunto de sua obra.

COLEÇÃO JABUTI

4 Ases & 1 Curinga
Adeus, escola ▼◆🗐⊠
Adivinhador, O
Amazônia
Anjos do mar
Aprendendo a viver ◆⌘■
Aqui dentro há um longe imenso
Artista na ponte num dia de chuva e neblina, O ✻★⌖
Aventura na França
Awankana ✎☆⌖
Baleias não dizem adeus ✻🕮⌖○
Bilhetinhos ✪
Blog da Marina, O ⌖✎
Boa de garfo e outros contos ◆✎⌘⌖
Bonequeiro de sucata, O
Borboletas na chuva
Botão grená, O ▼✎
Braçoabraço ▼⚐
Caderno de segredos ❑◎✎🕮⌖○
Carrego no peito
Carta do pirata francês, A ✎
Casa de Hans Kunst, A
Cavaleiro das palavras, O ★
Cérbero, o navio do inferno 🕮☑⌖
Charadas para qualquer Sherlock
Chico, Edu e o nono ano
Clube dos Leitores de Histórias Tristes ✎
Com o coração do outro lado do mundo ■
Conquista da vida, A
Contos caipiras
Da costa do ouro ▲⌖○
Da matéria dos sonhos 🕮☑⌖
De Paris, com amor ❑◎★🕮⌘⊠⌖
De sonhar também se vive...
Debaixo da ingazeira da praça
Delicadezas do espanto ✪
Desafio nas missões
Desafios do rebelde, Os
Desprezados F. C.
Deusa da minha rua, A 🕮⌖○
Devezenquandário de Leila Rosa Canguçu ✈
Dúvidas, segredos e descobertas
É tudo mentira
Enigma dos chimpanzés, O
Enquanto meu amor não vem ●✎⌖
Escandaloso teatro das virtudes, O ✈☺
Espelho maldito ▼✎⌘
Estava nascendo o dia em que conheceriam o mar
Estranho doutor Pimenta, O
Face oculta, A
Fantasmas ⌖
Fantasmas da rua do Canto, Os ✎
Firme como boia ▼⌖○
Florestania ✎
Furo de reportagem ❑✪◎🕮⚐⌖
Futuro feito à mão
Goleiro Leleta, O ▲
Guerra das sabidas contra os atletas vagais, A ✎
História de Lalo, A ⌘
Histórias do mundo que se foi ▲✎✪
Homem que não teimava, O ◎❑✪⚐○
Ilhados
Ingênuo? Nem tanto...
Jeitão da turma, O ✎○
Lelé da Cuca, detetive especial ☑✪
Leo na corda bamba
Lia e o sétimo ano ✎■
Liberdade virtual ✎
Lobo, lobão, lobisomem
Luana Carranca
Machado e Juca †▼●☞☑⌖
Mágica para cegos
Mariana e o lobo Mall 🕮⌖
Márika e o oitavo ano ■
Marília, mar e ilha 🗐✍✎
Mataram nosso zagueiro
Matéria de delicadeza ✎☞⌖
Melhores dias virão
Memórias mal-assombradas de um fantasma canhoto
Menino e o mar, O ✎
Miguel e o sexto ano ✎
Minha querida filhinha
Miopia e outros contos insólitos
Mistério de Ícaro, O ✪⚐
Mistério mora ao lado, O ▼✪
Mochila, A
Motorista que contava assustadoras histórias de amor, O ▼●🗐⌖
Muito além da imaginação
Na mesma sintonia ⌖■
Na trilha do mamute ■✎☞⌖
Não se esqueçam da rosa ♠⌖
Nos passos da dança
Oh, Coração!
Passado nas mãos de Sandra, O ▼◎⌖○
Perseguição
Porta a porta ■🗐❑◎✎⌘⌖
Porta do meu coração, A ◆⚐
Primavera pop! ✪🕮⚐
Primeiro amor
Que tal passar um ano num país estrangeiro?
Quero ser belo ☑
Redes solidárias ◎▲❑✎⚐⌖
Reportagem mortal
Riso da morte, O
romeu@julieta.com.br ❑🗐⌘⌖
Rua 46 †❑◎⌘⌖
Sabor de vitória 🗐⌖○
Sambas dos corações partidos, Os
Sardenta ☞🕮☑⌖
Savanas
Segredo de Estado ■☛
Sendo o que se é
Sete casos do detetive Xulé ■
Só entre nós – Abelardo e Heloísa 🗐■
Só não venha de calça branca
Sofia e outros contos ☺
Sol é testemunha, O
Sorveteria, A
Surpresas da vida
Táli ☺
Tanto faz
Tigre na caverna, O
Triângulo de fogo
Última flor de abril, A
Um anarquista no sótão
Um balão caindo perto de nós
Um dia de matar! ●
Um e-mail em vermelho
Um sopro de esperança
Um trem para outro (?) mundo ✖
Uma janela para o crime
Uma trama perfeita
U'Yara, rainha amazona
Vampíria
Vida no escuro, A
Viva a poesia viva ●❑◎✎🕮⌖○
Viver melhor ❑◎⌖
Vô, cadê você?
Yakima, o menino-onça ♨∽○
Zero a zero

★ Prêmio Altamente Recomendável da FNLIJ
☆ Prêmio Jabuti
✻ Prêmio "João-de-Barro" (MG)
▲ Prêmio Adolfo Aizen - UBE
✍ Premiado na Bienal Nestlé de Literatura Brasileira
☛ Premiado na França e na Espanha
☺ Finalista do Prêmio Jabuti
♨ Recomendado pela FNLIJ
✖ Fundo Municipal de Educação - Petrópolis/RJ
✪ Fundação Luís Eduardo Magalhães
● CONAE-SP
⌖ Salão Capixaba-ES
▼ Secretaria Municipal de Educação (RJ)
■ Departamento de Bibliotecas Infantojuvenis da Secretaria Municipal da Cultura/SP
◆ Programa Uma Biblioteca em cada Município
❑ Programa Cantinho de Leitura (GO)
♠ Secretaria de Educação de MG/EJA - Ensino Fundamental
☞ Acervo Básico da FNLIJ
✈ Selecionado pela FNLIJ para a Feira de Bolonha/96
✎ Programa Nacional do Livro Didático
🕮 Programa Bibliotecas Escolares (MG
∽ Programa Nacional de Salas de Leitu
🗐 Programa Cantinho de Leitura (MG)
◎ Programa de Bibliotecas das Escolas Estaduais (GO)
† Programa Biblioteca do Ensino Médio (
⌘ Secretaria Municipal de Educação/SP
⊠ Programa "Fome de Saber", da Faap (
⚐ Secretaria de Educação e Cultura da Ba
○ Secretaria de Educação e Cultura de Vit